SENRYU Collection KAMISAMA no IUTOORI

川柳句集

かみさまのいうとおり

岡本 恵

Okamoto Megumi

新葉館出版

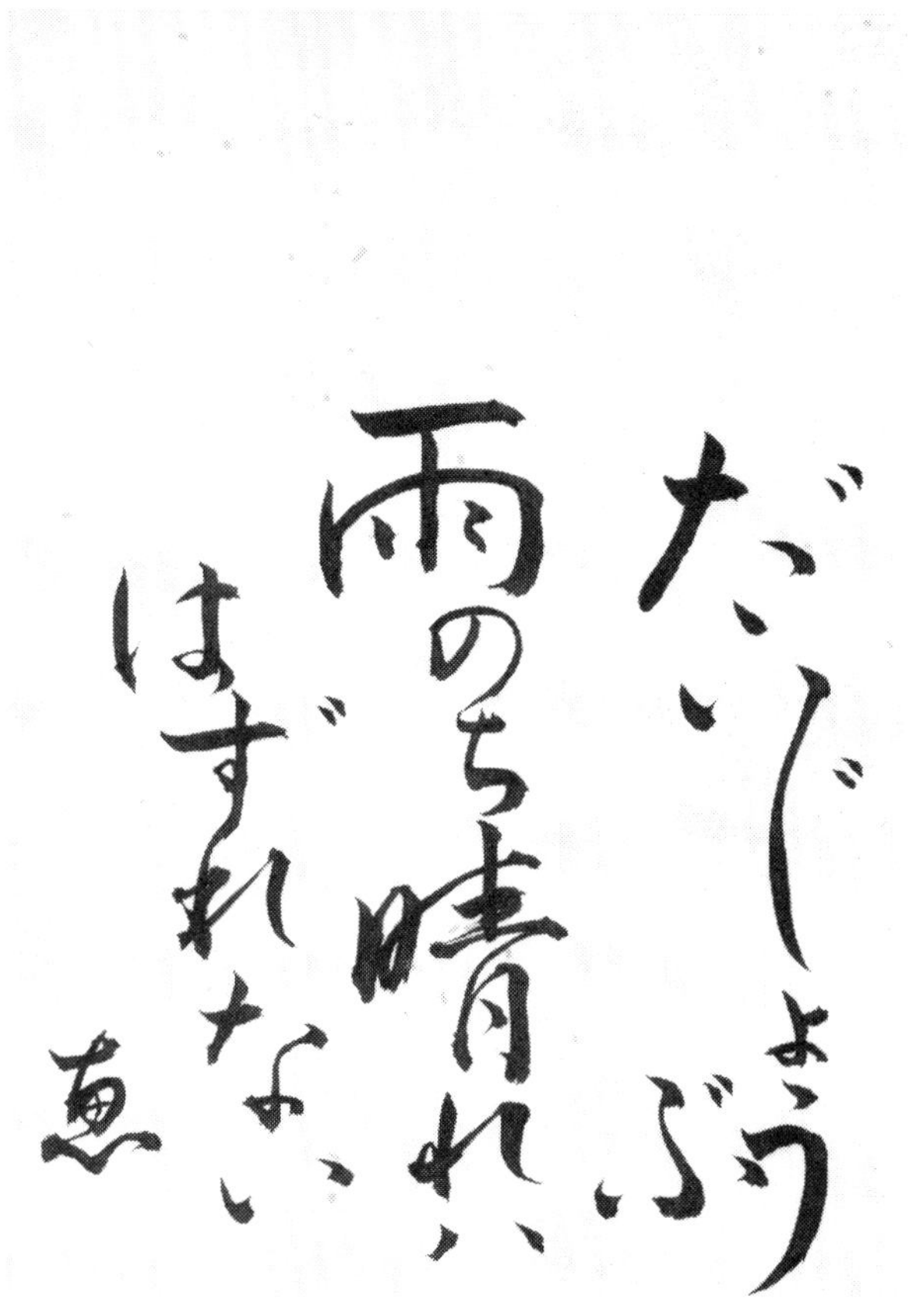

第８回川柳マガジン文学賞大賞受賞作より
書：著者

天気予報

（第八回川柳マガジン文学賞大賞受賞作品）

雨上がり土と話がしたくなる

だまされてみる幸せはいかがです

立ち止まることも動詞で生きること

子には子の抱えきれない広い空

思い出をたっぷり食べて元気です

それぞれの十年先を思う春
ゆっくりと空を味方にして歩く
ふりだしに戻って続く物語
未来へと私もタイムトラベラー
だいじょうぶ雨のち晴れははずれない

かみさまのいうとおり

Photo:AKIRA.O

かみさまのいうとおり

I

夢見る

虹だよと庭であなたの声がする
未来から来た赤ちゃんという家族
十指みな愛のパートを持っている

人生を変える出逢いになる予感

いつの日か君のオンリーワンになる

乱反射して私は多面体

幸せの種なら近所でも買える

旅に行きたいねと思う今が旬

太陽は真上私が軽くなる

かさぶたのはがれるように子の巣立ち

サイコロの七が出るまで振り続け

四捨五入すれば幸せ外は雪

志抱いてまっすぐ眉をかく

くださいな心の風邪に効く薬

ただいまがそろえば動き出す時計

一本の花火家族の輪の中で

運命のせいにはしないマイウェイ

どの人も誰かの大切なひとり

兄弟げんか泣く子に親は味方する

ゆっくりと大きくおなり我が子たち

ほんとうのわたしは映らない鏡

そばにいてひとりにさせて好きだから
満点の妻でないからくつろげる
君の手がきっと誰かの役に立つ

朝焼けがにじむ心が満ちてくる

百八が数え切れない除夜の鐘

引き出しに明日の忘れ物がある

贈り物迷う楽しさありがとう

にんげんの言葉で語り尽くせない

星に手が届いた父の肩車

勲章として幼子の記憶かな

矢印を信じ過ぎてはいませんか

手のひらを見せてしまったのは一人

子育てに性善説を信じ切る
母となり母にすまないことばかり
落ちてくるものは両手で受け止める

雨音も弾むふたりで雨宿り

年表の五ミリを生きる大仕事

紅に燃える彼岸の墓である

切り札は見せず良妻賢母です
仮定法ばかりつぶやく雨の午後
同じもの食べて家族になっていく

レンジなど使わぬ母のフルコース

やることがあり過ぎるのでひと休み

子の爪を切って何やら大仕事

言い勝って冷たく光る月である

けむに巻く国会という玉手箱

ちっぽけな地球の隅で進化論

人間の歴史私も参加賞

ゴッホの黄私にもある同じ色

目の前を夢中で生きる今が好き

Ⅱ

遊ぶ

幸せな人を集めて遊園地
抱きしめてこわしてしまうぬいぐるみ
反抗期胎児の形して眠る

母さんと呼ばれて母になっていく
手を合わせ思う我が身のことばかり
赤ちゃんの澄んだ瞳に裁かれる

先生にやる気ばかりをほめられる
目の前の青信号が頼れない
おはようと言われて少し好きになる

幼子と歩けばちょうちょ赤とんぼ

立つ歩く人間らしくなってくる

一歳に小さく小さく切るお餅

生きる意味わからぬままに桜桃忌
満たされて歌を忘れたカナリヤに
唐辛子たっぷりヒトに飽きている

繰り言をつめても瓶は透き通る

幸せを選んで母に出す便り

楽しみも苦労もぼくのワンルーム

後悔の形にぬいである上着
少しずつ針ずれていくペアウォッチ
白衣着た人の言葉は気にかかる

悲しみを埋める大きな穴を掘る

退屈な菊人形が歩き出す

まっすぐな木にも悩みはあるだろう

交差点みなそれぞれに目的地

両隣より美しく墓洗う

私にも開かずのドアが一つある

いちにちを父と遊んだ子の日焼け

投げつけてくる愛もある反抗期

生きてきた証の二ミリ爪を切る

無事であることが不思議な社会面

引越しの車に夢も積んでいく

一匹の蟻が上がってゆく墓石

気の毒な話のまわり人だかり

消されてる文字はのぞいてみたくなる

日めくりが好き今日の日は新しい

泣いているうちに悲しくなってくる

手鏡に他人の顔の二つ三つ

人生は二度ある桑のうすみどり

ぼく一歳言えるころにはもう二歳

末だ子にふり回されて母未満

人さまのことなら分かる心理学

一生をビニール傘で間に合わす

幸せの五線譜子らの笑い声

健康のためのノルマが多過ぎる

自転車は前向きにしか走らない

そよ風を一枚重ね着して歩く

政権を握る玉虫色の服

話すことなくて最後の栗をむく

愛憎を越えて法衣の深き黒

私も女を生きて一葉忌

Ⅲ

立ち止まる

疑問符をかかえたままの冬ごもり

玉ねぎで涙なんかはごまかせる

冬の次にはあたたかい春だから

つまずいて大地の広さあたたかさ

丸木橋ひとりでないと渡れない

私にも心に隠し持つ刃

おめでとう一足す一は無限大

心から心配をして嫌われる

御視察のしわ一つない作業服

同じ本読んであなたに近くなる
向かい風にしか回らぬ風車
始まりも終わりも白に包まれて

生きていく分なら足りる小銭入れ

人間をお休みしたくなる月夜

缶ビール冷やして聞いてほしいこと

難問の一つ私は誰でしょう

もう親の時計は要らぬ子供部屋

文字ならば丸い心はすぐ書ける

散紅葉ふたりで歩くはずの道
半音がずれてきれいなハーモニー
凛と立つ私は私冬木立

ゼロ歳はきっと何でも知っている

校庭にSOSの水たまり

反抗期母はおいしいお弁当

かぜひいてふたりの距離が近くなる

旅はもう始まっている時刻表

古の土器に涙の模様あり

母の日が近くて子らのないしょごと

ためらいもなく割っている生卵

定年にバックミラーをはずそうか

一本の思い出せない傘があり
母の日にカレーライスとありがとう
更年期お手やわらかに願います

君からの電話うれしい音で鳴る

背く日がくるとは思えない寝顔

鍵かけたおもちゃの箱が揺れている

お礼状らしいかわいいクレヨン画
始まりへ戻るしかない回転木馬
花びらを集めて今日を持ち帰る

プライドを洗い流してかぜをひく

幸せのレシピが一つふえて秋

言葉より重い無言に責められる

少年と少女に戻る花畑
助手席の五十センチが遠過ぎる
今という積木を一つまた一つ

満月にもしももしものリフレイン

それぞれに父は生きてる一周忌

大切な一票だからしまい込む

初めてのおつかい尾行されている

南風吹くかな二十一世紀

目を閉じて見えないものが見えてくる

Ⅳ

思う

自立してほしい甘えていてほしい
幸せがお鍋の中でかくれんぼ
私を食べてむくむく子は育つ

三日月の残りもそこにありますか
おもいきり崩して食べるオムライス
のみこんだ夢のかけらがつきささる

恋をしたらしい娘のクッキング
瞬きの間に消えている子供
スイーツが妻を少女にしてみせる

虹色の風ころころと幼稚園

人生の句読点には酒がある

水不足発信受信なきひと日

産声のすでに男の麗しさ

父さんも許してあげたそうな顔

はじめての手話おかあさんありがとう

生涯をかけて未完のものがたり
動物園私もヒト科オンナ目
青い鳥見つけた水のわくところ

シングルに憧れている午後六時
病名をもらい病気になっていく
盃のおこす奇跡もあるだろう

日本史のひとコマとして君と僕
アナログの時計が似合う港町
炎天を押し上げている応援歌

日本語をしゃべってほしい日本人

旅人に雪の重さが分からない

手のひらに宇宙をのせてカタツムリ

未来って残り時間のことですか
春うらら以下同文の列の中
約束の駅へ電車が速くなる

さよならといわずまたねと言う別れ

新記録ヒトはマシンに近くなる

生きているだけで私も冒険家

振り上げた父の拳も泣いている

新緑がせつない君が好きだから

みつ豆と母の初恋物語

ふるさとが真夏を投げる打つ走る

兄ちゃんがいつも大きい半分こ

満月に我が子を捨ててみたくなる

新しい出会いよどんな花が咲く
そのまわりあたたかくしてシクラメン
進むしかなくて時計のねじを巻く

ペットショップ声なき声が泣いている
私を追い越していく砂時計
子離れの前にさらりと親離れ

幸せも大きく見える虫めがね

心地良き不協和音も家族かな

手直しをしたくて神の予定表

美しい文字美しい人だろう
割り切れぬ答ばかりが増えていく
いつだって終着駅は始発駅

V 歩く

この町を出ず誰よりも深く生き
深呼吸したくて本の森の中
巣立つ子に涙は見せぬ心意気

母さんの胸ではちみつ色になる
両の手に余る心はハリネズミ
憧れた一人時間を持て余す

しくじった所ばかりをほめられる

父さんの席は留守でも空けておく

予定日へ祈る形で髪洗う

教室に集まってくる宇宙人
噴水の精一杯の高さまで
防災セットすき間に愛をつめておく

私の心は誰が司る
幸せを自慢している不仕合せ
青春のカーブミラーに君がいる

順調な老化ですねとほめられる
定位置に父の大きな靴がある
育児書の中に私の子はいない

ユーモアを忘れて猿になっていく

雑巾の絞り方から家事講座

猫として生きていくのも難しい

完璧な出来栄えだった予定表
ドクターへミラクル一つ下さいな
傷口に優しい嘘がしみてくる

大嫌いだから一番好きな人
三キロの母の命をいただいた
思い出にはちきれそうな旅鞄

ライバルとして一本の木を植える

まん中で写ったことのない写真

原告も被告も私の中にいる

美しい人に夫が笑釈する

相愛の夫婦と思い込んでいる

生きてゆくための大事な嘘の数

切り札においしい酒を持っていく
密やかな苦労男の顔を彫る
一ページ目に書くあなたとの出逢い

仏にも鬼にもなれぬ人が好き
日常が非常袋に入らない
さよならのあとで同時にふり返る

何もない一日という贈り物
大根が幸せ色に煮えていく
サクランボひとりの自由よりふたり

君と住む家ふるさとになっていく

肩に雨　ほら人生が軽くなる

旅人と職業欄に書いておく

青春のかけらを抱きしめて歩く

いい日だけ集めてできる写真帳

サイレント映画は音に満たされる

何もできないけどそばにいてあげる
切り取った時間が色を増していく
幸せを一つ捜してから眠る

あとがき

坂道にたとえるならば、いまはちょうど小高い丘まで上がってきたところ。おいしい空気と、どこまでも飛んでいけそうな青い空が広がっています。

あこがれの川柳マガジン文学賞大賞をいただきました。うれしくて信じられなくて、うれしくて、うれしくて……。すこしの間だけ立ち止まって、この心地良い幸せな時間の中に浸っていてもいいですか。

ところが、

私の中にはもう一人の私がいます。

土砂降りの中の自分がいるのです。

くるしみやいたみやかなしみたち、向こうの方から次々とやってくるものに立ち向かおうとしている自分は、とても小さくていつも負けてしまいそうになります。与えられたもののなかで、はたして生きていくことができるのかしらと不安でいっぱいになります。

そんな私が手をのばしたところにそれがあったのでしょうか。それとも、向こうからやってきてくれたのでしょうか。気がついた時には五七五は私の中に入り込んできて、いつでもそばにいて私をやさしく包んでくれるものになっていました。

川柳、それは私の雨宿りの場所。大きな傘。大いなる味方を得てからは、どんな土砂降りでも大丈夫、という気持ちが芽生えたような気がします。


私は水彩画の美しさが好きです。もしも川柳が一枚の絵だったら、と考えます。いくつもの言葉が響き合い、にじみ合いながらも、そこに新しい命の力を感じられるような、そんな作品に憧れます。

言の葉を紡いで、パステルカラーの水彩画のような川柳を織り上げることができたなら、どんなに幸せなことでしょう。

目には見えないもの、光や風、愛や哀しみ。人が生きているということを、人間の言葉で十七音の中で、いったいどれくらい表現することができるものでしょうか。

過ぎてしまった昨日を悔やむよりも、まだ来てもいない明日におびえるよりも、目の前にある今日を抱きしめて生きたい、と思います。今という時間はかけがえのない贈り物、そう心に刻んで歩きたいものです。うれしい時ばかりでなくても、あるがままを受け止めて、そこから歩き出すことにしましょう。

かみさまのいうとおり

今まで出逢ったすてきな人たち、「天気予報」に目をとめてくださった先生方、そして大好きな川柳マガジンの心熱きスタッフのみなさま、心から、ありがとうございました。

二〇一〇年九月

岡本　恵

Profile

岡本　恵

(おかもと・めぐみ)

横浜生まれ。
好きなもの、図書館、早寝早起き、郵便屋さん。
現在、無所属。

現住所　〒303-0033　茨城県常総市水海道高野町2180

かみさまのいうとおり

川柳マガジンコレクション8

○

平成23年11月15日　初版発行

著　者

岡　本　　恵

発行人

松　岡　恭　子

発行所

新　葉　館　出　版

大阪市東成区玉津1丁目9-16 4F 〒537-0023
TEL06-4259-3777 FAX06-4259-3888
http://shinyokan.ne.jp/

印刷所

BAKU WORKS

○

定価はカバーに表示してあります。

ISBN978-4-86044-431-0